# BALLADES

## ET

## PETITS POËMES

### DE WILLIAM

# WORDSWORTH

traduits

## PAR FLORENT RICHOMME.

PARIS,

| **L. HACHETTE,** | **ET DERACHE,** |
| --- | --- |
| LIBRAIRE, | LIBRAIRE, |
| Rue Pierre-Sarrazin, 12. | Rue du Bouloy, 7. |

1850.

# LUCY GRAY.

**BALLADE.**

J'avais souvent entendu parler de Lucy Gray; une fois, en passant par les marécages, j'aperçus, à l'aube du jour, cette enfant solitaire.

Lucy n'avait eu ni camarade, ni amie de son âge. La contrée où elle demeurait avec son père et sa mère était déserte, et pourtant Lucy était la plus aimable créature que l'œil du voyageur ait jamais pu rencontrer sur le seuil d'une chaumière.

Votre œil pourra quelquefois, dans cette contrée sauvage, surprendre un jeune faon folâtrant au soleil, à l'orée d'un bois, ou le lapin trottant dans les herbes menues au penchant d'une colline; mais vous n'y verrez plus la douce figure de Lucy Gray.

« Encore une nuit de tempête qui nous menace. Il va falloir, ma Lucy, prendre une lanterne et aller jusqu'à la ville pour éclairer le retour de ta mère, à travers les neiges.

« — Oui, père, j'irai avec plaisir. Nous avons encore l'après-midi presque entière; la cloche du Moutier vient de frapper deux heures, et cette nuit l'on aura la clarté de la lune. »

Sur cela, le père leva son crochet et prit un lien de fagot, puis il fut à son ouvrage. Alors Lucy prit la lanterne à sa main, elle s'en allait, gaie et alerte comme une chevrette des montagnes; et, jouant

1

et sautillant, elle faisait voler autour d'elle, avec le talon de son pied, la neige comme de la poussière.

Par malheur la tempête éclata avant le temps qu'ils avaient pu prévoir; Lucy s'égara dans sa route; elle se perdit de plus en plus dans l'obscurité; battue par une pluie de neige, en vain elle s'efforça, en gravissant les collines, de reconnaître son chemin; elle ne put jamais atteindre la ville.

De leur côté, les malheureux parents passèrent la nuit à sa recherche, à parcourir, en poussant des cris, ces plaines couvertes de neige, où ils ne pouvaient se diriger sur rien, où nul être ne répondait à leur voix.

Au point du jour, ils s'arrêtent sur la colline qui dominait toute la contrée marécageuse; et, de là, ils virent le pont de bois bien loin au-delà de leur chaumière.

Ils se retournèrent, en gémissant, vers leur maison, et s'écrièrent: « C'est au ciel que nous nous retrouverons tous trois!... » quand l'œil de la mère découvrit sur la neige l'empreinte du pied de Lucy.

Ils suivent, respirant à peine, les marques de ces petits pieds, depuis le haut de la colline, et, par un passage ouvert dans la haie d'épines, descendent cette colline escarpée.

Alors ils traversèrent un champ, les traces se continuaient au-delà. Ils les suivent toujours sans en perdre une seule, et ils se trouvent amenés au pont de bois; ils les suivent une à une, de la rive couverte de neige jusques au milieu de la planche;... là elles cessent tout-à-coup.

On croit dans le pays que Lucy Gray est encore à présent une enfant errante sur ces marécages; on la voit passer en sautillant; elle va toujours sans regarder derrière elle; et la mélodie dolente de son chant s'unit au sifflement du vent dans les joncs des marais et les bruyères.

# LES SEPT SŒURS.

## BALLADE.

Lord Archibald avait sept filles, toutes enfants de la même mère. On ne peut s'imaginer le tendre attachement qu'elles se portaient l'une à l'autre ; elles ressemblaient à une guirlande de sept beaux lis blancs ; car elles demeuraient ensemble et ne se quittaient jamais. Mais leur père, le preux et vaillant chevalier, ne prenait nul soin de son aimable famille : il était toujours à la guerre.

Plaignez le triste abandon de Binnorie.

Un vent de l'ouest amène un jour, des côtes d'Erin, dans ces parages, un navire de pirates. Ils se dirigent sur Binnorie. Leur léger navire a touché le rivage ; les guerriers sautent à terre. Ecoutez : le chef a fait retentir les sons de son cor dans le vallon. Plaignez le triste abandon de Binnorie.

Les sept sœurs étaient assises dans une grotte, au milieu de leurs bosquets, protégées par les rameaux verdoyants, comme de jeunes biches qui prennent leur repos sous les ombrages. Elles tressaillent d'effroi à un bruit d'hommes et de chevaux ; elles prennent la fuite d'un côté et d'autre... Ah ! preux chevalier, vous avez trop oublié votre aimable famille ! Plaignez le triste abandon de Binnorie.

Les sept sœurs ont pris la fuite, et les jeunes pirates les poursui-
vent avec des cris, avec des menaces: « Votre père, belles demoiselles,
« aime trop à courir au loin , pour ne pas trouver sa maison vide au
« retour. C'est pour nous que vous tresserez vos blondes chevelures.
« C'est à nos yeux désormais que vous serez belles ! » Plaignez le triste
abandon de Binnorie.

Les pauvres sœurs fuyaient sur la colline , les unes déjà au haut,
d'autres encore en bas, éparses comme ces blanches nuées qu'on voit
flotter dans le ciel , poussées par un vent furieux. Elles se disaient
tout éplorées: Non, non, plutôt mourir ! mourons, mourons ensemble! Un lac était près de là. Le bord formait un précipice, où jamais pied humain ne s'était posé. Elles y courent, et, d'un élan dés-
espéré, se jettent ensemble dans l'abîme. Elles y disparaissent à jamais.
Plaignez le triste abandon de Binnorie.

Le ruisseau qui sort du lac, en courant parmi les cailloux couverts
de mousse, dans les détours du vallon, semble répéter un gémissement sur ces sept filles des Campbells. Sept petites îles de verdure
s'élèvent à la surface du lac. Les pêcheurs disent que les sept sœurs
y ont été enterrées par les fées et qu'elles y reposent ensemble.

# LA FONTAINE DU SAUT-DU-CERF.

### BALLADE.

### I.

Le cheval du chasseur ne faisait plus que se traîner depuis le marais de Wensley, à demi mort de fatigue. Le chevalier se dirige vers la porte d'un de ses vassaux, et crie qu'on lui amène un autre cheval.

Un autre cheval ! le fermier l'entend et se hâte de seller son meilleur coursier. Sir Walter saute dessus : c'était sa troisième monture dans cette mémorable journée.

La joie étincèle dans l'œil du bel animal ; le cheval était digne du cavalier. Mais quoique sir Walter fuie avec la vitesse du faucon, un triste silence régnait dans l'air autour de lui.

Le matin de ce jour, une foule de cavaliers était partie avec lui de son chateau ; leur passage était signalé par un joyeux tumulte. Mais hommes et chevaux, tous avaient disparu ; jamais, j'imagine, pareille chasse ne s'était vue.

L'infatigable sir Walter est reparti avec la rapidité d'un vent d'orage ; il a appelé à lui quelques chiens haletants qui lui restent encore : Blanch, Swift et Music, chiens généreux, ont réussi à le suivre et, à grand effort, courent après lui sur la montagne.

Le chevalier tantôt les encourage, tantôt les gourmande par ses gestes, par ses cris ; mais ils sont bientôt à bout d'haleine ; et l'un après l'autre, ses chiens restent, pantelants, sur les bruyères.

Qu'est devenue la foule des chasseurs si bruyante au départ ,... et le son des cors qui réveillait les échos des vallées ?... Sir Walter et le cerf sont restés seuls de cette chasse.

Et lui aussi, le pauvre cerf, courait à perte d'haleine dans les détours de la montagne. Je ne dirai pas quelle étendue de chemin il a parcourue dans sa fuite, ni à quelle crise douloureuse il succombe enfin.

Sir Walter le contemple à présent, mort, couché sur la place. Le chevalier a mis pied à terre ; il s'appuie au tronc d'une vieille aubépine ; il est seul. Ni chien, ni piqueur, ni valet ne l'a suivi jusque-là. Il ne pense alors ni à faire claquer son fouet, ni à donner du cor ; il est là à contempler sa proie avec une muette satisfaction.

Au pied de l'aubépine à laquelle il s'appuie, le courageux animal qui a lutté avec lui de nerf et de vitesse, est étendu, muet aussi, plus faible que l'agneau qui vient de naître et couvert d'une écume blanche comme la neige.

A l'endroit où le cerf était gisant, ses naseaux touchaient une source qui sort de la colline ; et dans son dernier râle, son souffle avait aspiré l'eau de cette source qui tremblait encore.

Et à présent trop ému de son bonheur pour se reposer et s'asseoir, sir Walter marchait avec agitation et considérait en tout sens cette heureuse place.

Puis le chevalier gravissant la colline (il y avait au moins neuf perches de hauteur), trouva, à trois endroits différents, trois marques du sabot dont le cerf avait laissé l'empreinte dans le gazon.

Il essuya la sueur dont sa figure était trempée, et s'écria : « Non jamais, jamais pareille chose ne s'était vue ! il ne lui a fallu que trois sauts pour l'apporter du haut de cette colline escarpée ici en bas, au bord de la source où le voilà !

« Je veux qu'un habile ouvrier vienne faire un bassin à cette source vive ; et, à l'avenir, quand on citera cet endroit, on l'appellera la fontaine du *Saut-du-Cerf*.

« Oui, brave animal, je veux encore, pour mieux faire connaître ton rare courage, élever un autre monument : ce sera trois piliers en pierre taillée, plantés chacun à la place où tes pieds ont laissé leur empreinte dans le gazon.

« Et dans la saison d'été, quand les jours sont longs, je viendrai ici accompagné de ma belle amie ; et avec des danses, avec le chant des Ménestrels, nous amenerons la joie et les plaisirs dans ce bocage.

« Jusqu'au jour où cette montagne viendrait à s'écrouler, ma maison subsistera sur sa pente, avec ses bosquets. Ce sera un lieu enchanté aux yeux des laboureurs de la plaine de Swale et des habitants de la forêt d'Ure. »

Alors il s'en alla, et laissa le cerf étendu raide mort, ses naseaux sans souffle, encore entr'ouverts sur l'eau de la source.

Le chevalier ne tarda pas accomplir ce qu'il s'était promis, et la renommée s'en répandit dans tous les environs.

Avant que trois mois ne se fussent écoulés depuis le jour de cette chasse, un bassin de pierre reçut l'eau de la source. Trois piliers de pierre s'élevèrent en même temps ; puis une maison de plaisance embellit cette vallée.

Près de la fontaine, de hautes plantes à fleurs et des lianes s'entrelacèrent à des arbres ; et bientôt une petite salle de verdure offrit un abri contre le soleil et le vent.

Et là, durant les longs jours d'été, sir Walter amena sa dame avec les danseurs et les ménestrels ; ce riant bocage devint un lieu de réjouissances.

Le chevalier sir Walter mourut à un grand âge, et ses os reposent dans sa vallée natale. — Je dois maintenant commencer un récit qui se lie à cette histoire.

## II.

Je n'ai point l'art de faire naître, par mes récits, les émotions de la douleur ou de l'effroi. Je me plais à composer, dans la solitude, de simples chants pour les âmes pensives.

Comme je revenais de Hawes à Richmond, je remarquai dans un vallon trois peupliers, à trois extrémités d'une place carrée, et un quatrième à une petite distance, au bord d'une source.

Je ne pouvais deviner à quoi cela avait été destiné ; je retins la bride de mon cheval et continuai de regarder. Je vis encore trois piliers en pierre plantés sur une même ligne ; le dernier se trouvait placé tout au haut d'une colline.

Les arbres n'avaient qu'un fût grisâtre sans rameaux ni cime. La place n'offrait à la vue qu'un tertre de gazon moussu, sous lequel on pouvait deviner des ruines. Aussi, me disais-je, la main de l'homme a sans doute remué ce sol autrefois.

Je m'étais approché de la colline : le lieu sombre et stérile qui s'offrait à mes regards, semblait ne plus recevoir les influences du printemps, comme si la nature y était condamnée au déclin.

Mon imagination se perdait sur cela en conjectures, quand je vis venir, du fond du vallon, un homme qui me parut être un berger. Je fus à lui et lui demandai s'il savait ce que cet endroit avait pu être autrefois.

Le berger s'arrêta et me raconta l'histoire de la chasse du chevalier sir Walter.

« C'était autrefois, dit-il, un bel endroit que celui ci ; mais on dirait qu'à présent il y règne un mauvais air, comme si la place était maudite.

« Voyez ces vieux fûts de peupliers, à cette heure sans sève et sans verdure : les uns les prennent pour des hêtres, les autres pour des ormes. Il y avait là un bosquet ; ici on avait bâti une maison de plaisance, la plus magnifique que l'on pût voir dans tout le pays.

« Vous voyez ce qu'est devenu le bosquet. On voit encore la fontaine et les piliers ; mais du beau manoir , il n'en reste pas plus de trace que d'un rêve évanoui.

« On ne voit jamais ni chien ni cheval, brebis ni vache s'abreuver dans ce bassin de pierre ; et quelquefois, quand tout est endormi , il sort de cette onde un gémissement douloureux.

« Quelques-uns disent qu'il y a eu là un meurtre de commis, et que c'est le sang qui crie vengeance. Mais, à mon avis, et j'y ai rêvé souvent, tandis que j'étais assis au soleil, ici près, tout cela ne vient que du malheureux cerf qui périt au bord de cette source.

« Quelles idées purent passer dans le cerveau de cette pauvre créature ? Du haut de la colline, depuis le pilier d'en haut jusqu'au bas de la pente escarpée, n'avoir fait que trois bonds ! et regardez , Sir , la marque du dernier... Oh ! ce fut là un cruel saut.

« Treize heures durant, il avait couru d'une course désespérée ; et, selon mon simple esprit, il y avait une cause, une cause que nous ne pouvons dire, qui attirait le cerf à cette place. Ne semble-t-il pas qu'il ait voulu venir rendre son dernier soupir au bord de cette source ?...

« Peut être durant la chaleur d'un jour d'été, il s'était endormi là, bercé par le murmure de cette source... Ou bien cette eau fut-elle la première qu'il but, lorsque, déjà grandelet, il quittait le flanc de sa mère ?...

« Peut-être encore au printemps, là, au pied de l'aubépine embaumée, il avait entendu les oiseaux chantant à la fraîche matinée ; et que savons-nous ? lui peut-être il était né à quelques pas seulement de cette source.

« A présent ici plus de gazon , plus de bosquets ; jamais endroit plus désolé ne fut éclairé du soleil ; et il en sera ainsi jusqu'à ce que ces arbres, ces pierres et cette fontaine aient aussi disparu. »

— « Berger, lui dis-je, il y a peu de différence entre votre croyance et la mienne. Oui, je pense que cet animal n'a point péri sans avoir eu un regard de la commisération divine.

« Le Souverain Être dont l'action vivifiante forme ces nuages dans l'air , développe les feuillages dans ces arbres, veille aussi sur ses créatures de naturel inoffensif.

« La maison de plaisance est en poussière; tout ici n'est plus que ruines. Mais un jour viendra où la nature, rajeunissant ce site désolé, le revêtira de verdure et de nouveaux attraits.

« Elle nous enseigne ici à ne jamais chercher un plaisir ou un triomphe dans ce qui fait la douleur de la moindre des créatures douées , comme nous , de sentiment.

*Hart-leap Well* ou *La Fontaine du saut du Cerf* est une petite source, sur le bord d'une route, à environ cinq milles de Richmond, dans le comté d'York. Ce nom lui fut donné en mémoire d'une chasse dont quelques piliers en pierre ont conservé jusqu'à ce jour la tradition locale. On les voit encore tels que le poète les a dépeints dans cette ballade.

Le poète a eu l'art de nous intéresser à la mort d'un cerf, il a su éveiller notre sympathie pour une bête sauvage , toujours en butte aux poursuites de l'homme et qui, devenue sa victime, ne lui inspire point de pitié. Wordsworth nous montre, dans ce petit poème, le néant de la fougueuse énergie de notre moyen âge. Avec lui, ce n'est plus le chasseur, mais le cerf qui excite notre intérêt; et il en a résumé une moralité douce et bienveillante, en faveur des êtres de naturel inoffensif, qui jouissent avec nous du don de l'existence.

# MATHIEU,

## LE MAITRE D'ÉCOLE.

—

### I.

Dans la salle d'école d'un village du Westmorland, on voit un tableau où sont inscrits en lettres d'or les noms de ceux qui ont été maîtres de cette école, depuis son établissement, avec la date de leur entrée en fonctions et de leur retraite.

En regard de ces noms, le poète écrivit les lignes suivantes :

Si la nature vous a accordé un cœur prompt à s'émouvoir pour tout ce qui est juste et bon;

Lisez ces lignes; puis jetez encore un regard sur ce tableau dont le cadre renferme l'histoire de deux cents années d'obscurs et utiles travaux,

Et quand vous arriverez au nom de Mathieu, arrêtez-vous sur celui-là avec une pleine sympathie.

Si alors une larme venait mouiller votre paupière, n'essayez point de la retenir : je fais pour Mathieu une demande qu'il n'a jamais faite pour lui-même.

Pauvre Mathieu! qu'est devenue cette source intarissable de joyeux propos, de vives saccades...., à présent silencieuse comme la nappe immobile d'un étang glacé !

Lui, dont la voix dominait si bien le bourdonnement de son école, et s'épanouissait en joyeux éclats dans les veillées où l'on oubliait les frimats de l'hiver.

Si cette voix fut parfois suffoquée, c'était par les accès d'un fou rire, dans les transports de sa gaîté; si des larmes lui venaient aux yeux, ce n'était aussi qu'une rosée de la joie.

Et cependant, quelquefois, quand circulait la coupe des pensées calmes et sérieuses, on pouvait s'apercevoir que Mathieu avait bu jusqu'au fond du calice : il sentait avec une si profonde énergie!

O toi, âme d'un homme simple et droit que Dieu avait revêtue de la meilleure argile d'ici bas, âme heureuse! se pourrait-il que ces mots en lettres d'or fussent tout ce qui doit rester de toi?

## II.

### LES DEUX MATINÉES D'AVRIL.

Nous venions de nous mettre en marche; le soleil se dégageait des nuées, rouge et luisant. Mathieu s'arrêta, regardant le ciel et dit : que la volonté de Dieu s'accomplisse!

Mathieu était un maître d'école de campagne, dont l'âge avait rendu les cheveux blancs. Ce jour-là, il était alerte et joyeux, c'était un di—manche et une matinée de printemps;

Et nous cheminions gaiement tous deux à travers l'herbe déjà épaisse, le long des ruisseaux fumants des vapeurs matinales; nous allions passer notre journée dans la Montagne.

« Voilà qui commence bien, lui dis-je; mais pourquoi, à la vue de ce beau soleil, vous est-il échappé un profond soupir? »

Il fit encore une pause, et fixant son œil sur le sommet de la mon—tagne où le soleil venait de paraître, il me répondit :

« La vue de ce nuage bordé d'une longue raie de pourpre m'a rendu subitement la mémoire d'un jour tout semblable à celui-ci. Il y a trente ans actuellement de ce jour-là.

« Et dans le lointain, ces couleurs qui teignent l'horizon sur la pente de ces champs de blé, c'étaient exactement les mêmes : un matin d'avril comme aujourd'hui, le frère jumeau de celui-ci.

« J'allais, muni de lignes et de hameçons, prendre l'amusement de la saison, lorsqu'en arrivant près de l'église, je m'arrêtai soudain devant le tombeau de ma fille.

« Elle avait à peine vu neuf étés, et on la citait comme la plus belle enfant de la vallée. Quand elle chantait, vous auriez cru entendre la voix d'un rossignol.

« Mon Emma repose à six pieds sous terre, et j'ai continué de l'aimer plus que jamais. Il m'a semblé même, depuis que je l'ai perdue, qu'auparavant je n'avais pas encore tendrement aimé.

« A l'instant où je me retournais de sa fosse, j'aperçois sous l'if du cimetière un enfant dans la fleur de l'âge et de la santé, dont la chevelure était diaprée des gouttes de la rosée du matin.

« Elle portait une corbeille sur sa tête. Son front lisse était d'un blanc pur. C'était un délice de voir une si belle enfant.

« Une fontaine qui sort du creux des rochers ne s'élance pas plus vive, plus alerte que cette jeune fille. Elle vous semblait insoucieuse et gaie comme la vague qui se berce sur l'Océan.

« En la regardant, je retins avec peine un sanglot douloureux. Je la contemplai encore quelques moments, et je ne formai pas le désir que cette jolie enfant fût la mienne. »

Mathieu n'existe plus depuis long-temps, et je crois le voir encore comme en ce moment, la taille droite, les yeux levés au ciel et tenant une tige de frêne à sa main.

III.

LA FONTAINE.

Nous parlions ensemble à cœur ouvert, avec affection, comme deux bons amis, quoique je fusse encore jeune homme ; et Mathieu était alors dans sa soixante-douzième année.

Nous nous assîmes sous un large chêne, près d'un tertre moussu, d'où sort une source d'eau vive qui bouillonnait à nos pieds.

« A présent, lui dis-je, il faut marier à la mélodie de cette fontaine une vieille ballade de la frontière ou quelqu'autre chant, en harmonie avec une belle journée d'été.

« Ou plutôt, chantez, sous cet ombrage, ces vers, d'une folle fantaisie, que vous composâtes au mois d'avril dernier, sur l'horloge du village et son carillon dérangé. »

Mathieu regardait en silence la source jaillissante sous l'arbre; et le cher vieillard, encore si joyeux sous ses cheveux blancs, répondit en me montrant la fontaine :

« Cette eau s'en va, courant au vallon ; et comme elle semble courir allègrement! dans mille ans elle coulera encore avec ce même murmure, comme elle coule aujourd'hui.

« Eh bien! dans cette délicieuse journée, je ne puis m'empêcher de penser combien de fois je suis venu, jeune et dans la force de l'âge, m'asseoir au bord de cette fontaine.

« Ami, mes yeux se remplissent de larmes sans sujet ; je me sens ému, attendri comme un enfant, en prêtant l'oreille à ce son toujours le même, comme je l'entendais dans les jours d'autrefois.

« Tels nous sommes dans notre déclin; et le plus sage est celui qui s'attriste moins sur ce que l'âge enlève que sur ce qu'il laisse après lui.

« Le merle sous ses vertes feuillées, l'alouette dans la plaine de l'air, interrompent leur ramage quand il leur plaît et prennent du repos à leur gré.

« Jamais ils n'engagent une lutte folle contre la nature; aussi leur existence est heureuse et leur vieil âge est sain, libre et beau.

« Mais de dures lois pèsent sur nous; et lorsque toute joie s'est enfuie, nous continuons d'avoir une figure riante, parce que nous avons été joyeux autrefois.

« Un homme a-t-il à déplorer la perte d'une famille, à présent dans le sein de la terre, de tous ces cœurs qui ne faisaient qu'un avec le sien, eh bien! il continuera d'être l'homme gai, de bonne humeur.

« Mes jours, ami, sont bientôt à leur terme ; on dit que ma vie a été

honnête. Je reçois de nombreuses marques d'amitié. Puis-je dire cependant qu'une seule âme soit attachée à la mienne ?... »

—« Celui qui forme une telle plainte , nous fait injure à tous deux,
à lui-même et à moi qui vis dans ces campagnes sans autre soin que
celui de composer mes vers dans un heureux loisir.

« Eh bien ! Matthieu , je veux vous tenir lieu des enfants que vous
avez perdus : je serai, moi, votre fils ! » Le vieillard saisit affec-
tueusement ma main en me disant : « Hélas ! cela ne peut pas être. »

Nous nous levâmes alors du bord de la fontaine , nous suivîmes le
sentier glissant, sur la trace des troupeaux , et nous gagnâmes le bois
voisin.

Et avant d'arriver au Rocher de Léonard , le vieillard me chanta sa
ballade sur l'antique horloge du village et son carillon dérangé , dont
l'harmonie s'était envolée.

---

# MATHIEU & WILLIAM

## AU BORD DU LAC ESTHWAITE.

### (IMITÉ).

—

Assis au bord du lac, un beau matin d'été,
Quand tout était plaisir à ma jeune existence,
Regardant l'eau , le ciel , un lointain enchanté,
Je songeais , j'amusais ma rêveuse indolence.

« Quoi ! perdre ainsi le temps ! stérile oisiveté !... »
Dit une voix qui rompt tout-à-coup mon silence :
« Et sans livres !... veux-tu vivre déshérité
« Des biens que le passé lègue à notre ignorance ?


« Nous avons un trésor par l'autre âge amassé ,
« Dans les livres... mais toi tu contemples la terre ,
« Comme le premier né de notre vieille mère ,
« Comme si nul mortel avant toi n'eût pensé ! »


Ainsi mon vieil ami gourmandait ma paresse,
Lorsqu'assis près du lac , un beau matin d'été,
Sans livres , sans devoirs , et le cœur dilaté,
Mon œil de l'onde au ciel errait avec ivresse.


— « Ai-je besoin de livre en promenant ma vue
« Sur ce mont, sur le lac qui réfléchit la nue ?
« Me faut-il , en plein air, captiver mon esprit ?
« Quand tout parle à mes yeux , ici, tout le nourrit.


« Laissez quelques moments à ce loisir que j'aime :
» Inspiré d'un tableau que rien ne peut ternir,
« Au bord du lac riant laissez-moi retenir
« Quelque pensée éclose en mon cœur d'elle-même. »

# LE CHÊNE & LE GENET.

André avait recueilli de simples vérités en donnant son attention aux harmonies des bois, des ruisseaux, des collines, en faisant des remarques sur les éléments et les saisons. Un soir d'hiver, que l'on entendait le vent mugir dans les grands arbres, André, dans sa chaumière, tenait sur ses genoux son dernier-né; les autres enfants étaient assis à l'entour du foyer où flamboyait un bon feu, et il leur fit ce récit, en berçant sur ses genoux son jeune fils.

—Je voyais, dit-il, une roche battue des vents sur une colline; sur la cime il y avait un vieux Chêne, et en bas, au pied du Chêne, un Genêt verdoyant. On était au mois de mars: au beau soleil de midi, le vent du dégel soufflait, doux et tiède comme au mois de juin, lorsqu'une voix grave, celle du vieux Chêne s'adressant à son gentil voisin, se fit entendre dans ce lieu désert:

— Depuis plus de deux mois, la gelée a, nuit et jour, resserré la terre sur ce flanc de la montagne. Ami, lève la tête, et fais-toi l'idée de l'éboulement terrible que là-haut le dégel va produire. J'ai déjà entendu un craquement cette nuit; heureusement les débris ont suivi une autre voie. Faible et chétif, leur masse roulante t'eût broyé.

Tu vas bientôt te parer de tes petits rameaux fleuris; il ne te souvient plus du péril auquel tu échappas il y a trois ans: un éclat du grand rocher d'en haut vint, roulant avec un bruit de tonnerre, se précipiter par ici. Je reçus au passage l'énorme bloc et le retins comme tu peux le voir, au-dessus de toi, toujours pendant.

Je ne sais, ami, qui t'apporta ici; mais que ce soit la brise, un oiseau, un mouton, ce lieu ne convenait pas à une plante comme toi. Avec tes rameaux toujours verts, tu attires ici le petit pâtre par le simple enfant vient dormir et poser sa tête parmi ton feuillage, et, crois-moi, dans cette saison de dégel, à la chaleur de midi, vous vous trouverez au premier moment écrasés tous les deux.

Le Genêt s'agita doucement comme un être assoupi qui se réveille :
— Merci de vos bons avis, répondit-il au Chêne; je sais depuis long-temps déjà combien est frêle le lien qui nous tient à la vie, jeunes et vieux, faibles et forts. Nous avons beau faire, le malheur qui doit venir nous accablera; le plus avisé peut-être est celui qui y pense le moins.

Et que gagnerais-je, moi, à m'éloigner d'ici ? C'est ma demeure paternelle, mon héritage, là est tout mon amour; là mon père, heureux et content, étala ses rameaux fleuris, bien des années, au soleil riant; il y a vieilli : je puis avoir son sort.

A quoi bon m'agiter, en proie à la frayeur? et ne suis je pas vraiment une plante favorisée du ciel ! Les saisons pour moi sont bénignes, et je suis, durant tout l'été, couverte de fleurs ; puis quand viennent les gelées, mes rameaux sont encore si verts et si frais, que l'on dirait que je suis immortelle.

Le papillon jaune voltige sur moi et se plaît à voir dans mes fleurs des ailes aussi jolies que les siennes. A l'heure où les gazons sont refroidis par la rosée ou par la pluie, la mère brebis vient avec son agneau se coucher parmi mon feuillage; ils se font devant moi leurs tendres caresses, et, moi-même, je me réjouis de leur joie.....

Avec la voix claire et le cœur léger, le Genêt aurait babillé, puis encore, jusqu'à ce que les étoiles fussent venues reluire au ciel; mais alors deux corbeaux, sur les rameaux du Chêne, le faisaient retentir de croassements joyeux qui étaient leur chant de noces; et, à fleur de terre, une brise amenait au Genêt deux abeilles bourdonnantes qui se posèrent dans son bouquet verdoyant.

Bientôt après, mes enfants, une nuit, éclata un furieux ouragan. Au point du jour, je sortis et passai au pied de la haute roche. La tempête avait éclaté sur le Chêne, l'avait déraciné, emporté bien loin

de là. Quant au petit Genêt, la tempête, en passant par dessus lui,
l'avait laissé dans une crevasse de la colline, où il a, sans plus de
souci, vécu encore bien des jours de beau et de mauvais temps.

---

# LE LINOT VERT.

—

Sous les rameaux de ces arbres fruitiers qui répandent sur ma tête
une neige de blanches fleurs, assis sur le banc de mon verger, dans
ce recoin solitaire, d'où je vois à l'entour de moi, tout rendu lumineux par un soleil de printemps, qui plane dans un ciel sans nuage,
qu'il est doux de revoir une fois de plus les oiseaux et les fleurs, mes
bons amis de l'année dernière !

J'en ai remarqué un, le bienheureux parmi les heureux qui peuplent ce bosquet : c'est lui qui est ici le prince ailé des chants joyeux,
des légers ébats ; c'est le linot, en bel habit vert, qui préside ces
réjouissances printannières du mois ce Mai.

Tandis qu'oiseaux, papillons et fleurs forment une bande d'amoureux, lui, voltigeant çà et là, dans les vertes ramées, il est seul de
son emploi. Sa présence anime tout ; il répand partout sa joie sans
souci : il ne s'est point accouplé et trouve sa joie en lui-même.

Sur cette touffe de noisetiers qui étincellent de rosée au soufle d'une
brise, voilà notre linot, dans ses extases, posé sur une branche, et
pourtant ne semble-t-il pas voltiger encore ? Par le trémoussement
de ses ailes, il attire sur son dos et sur son corps, tour à tour des
ombres et des reflets lumineux.

En vérité ma vue s'éblouit à regarder cet oiseau qui ressemble à la feuille toujours mouvante. — Il vient de disparaître ; il a volé sur le bord du toit de la maison. Là, il se met à chanter : ses accents sont joyeux, enivrés, éclatants. On ne dirait pas que c'est le même oiseau qui, tout à l'heure se trémoussait parmi les feuillages, muet comme eux.

---

# LA CASCADE & L'ÉGLANTIER.

—

— Loin d'ici, plante chétive! cria une voix tonnante dans la solitude ; ne retarde pas la course de mes ondes là où il me plaît de les répandre. —

Ainsi une petite cascade, récemment gonflée par les neiges, tourmentait un pauvre églantier, qui tout humide de l'écume qu'elle lui lançait, s'abaissait, se relevait, balotté par les eaux grondantes au-dessus de lui.

— Oses-tu encore t'opposer à mon onde ?... Place, place, où je te précipite en bas avec le rocher où tu as tes racines.

Le torrent était impétueux ; le rosier souffrit long-temps sans se plaindre, sans pousser même un soupir, espérant que le danger allait se passer, enfin de sa tige tourmentée il sortit une voix :

— Hélas! disait-elle, épargne-moi. Pourquoi cette soudaine furie ? Jusqu'ici nous avons vécu ensemble heureux et paisibles dans ce réduit de la montagne. Toi, tu venais me ranimer sur mon lit de roche ;

tous les jours, durant les chaleurs de l'été, arrosant, vivifiant mon feuillage, tu faisais pénétrer dans mes veines une délicieuse fraîcheur ; et moi, je reconnaissais tes bienfaits par mon amour fidèle.

Quand venait la saison des fleurs, je t'annonçais les beaux jours ; j'étalais devant toi mes arceaux de verdure, de boutons et de fleurs. Dans la saison ardente, j'abritais ton lit de mes branches feuillues ; j'étendais, pour te protéger, mes rameaux encore fleuris. Mon beau feuillage s'est flétri, s'est envolé ; mais alors le linot lui avait confié sa nichée, et il égayait notre solitude de ses chansons, alors que ta voix était si affaiblie dans la saison brûlante.

Maintenant égaré par je ne sais quel orgueil, tu t'irrites contre moi ; je te suis nuisible Hélas ! nous pourrions encore être heureux ensemble. Je suis dépouillé de mes feuilles comme de mes fleurs ; mais il me reste une parure : de rouges fruits embellissent mes rameaux, et tu verrais ta plante fidèle te couronner de ses fruits durant les jours de frimas...

Si elle dit quelque chose de plus, on ne put l'entendre, la Cascade grondait à l'entour ; elle se précipita avec fracas dans le vallon. L'arbuste gémissant se rompt, et arraché par l'onde écumante, il fut sans doute emporté dans le ravin.

---

# NOUS SOMMES SEPT.

—

Comment un simple enfant, qui respire avec tant d'aisance et qui sent la vie dans chacun de ses membres, pourrait-il se faire une idée de la mort ?

Je rencontrai une petite fille de Chaumière. Elle était âgée de huit ans, me dit-elle. Ses cheveux épais retombaient en grosses boucles autour de sa tête.

Elle avait un air rustique, l'air de ceux qui sont nés dans les bois, et elle était pauvrement habillée. Ses yeux étaient beaux et très-beaux. Sa beauté me causa un mouvement de surprise et de joie.

Combien, lui dis-je, êtes-vous de sœurs et de frères, chère petite ? — Combien nous sommes ? Sept en tout ; — et en me faisant cette réponse, elle me regardait tout étonnée.

— Et où sont-ils ? je vous prie de me le dire. — Elle répondit : Nous sommes sept ; deux de nous demeurent à Conway, et deux sont partis sur mer.

Deux de nous sont couchés dans le cimetière, ma petite sœur et mon frère. Moi, je demeure avec ma mère, pas loin d'eux, dans la chaumière qui touche au cimetière.

— Vous me dites que deux habitent Conway, que deux autres sont partis sur mer, et pourtant que vous êtes sept. Dites-moi donc, douce enfant, comment cela peut-il être ?

Alors la petite fille répondit : Nous sommes sept, filles et garçons ; deux de nous sont couchés dans le cimetière, sous l'arbre du cimetière.

— Vous oubliez, ma petite, combien il y en a de vivants. Si deux sont dans le cimetière, vous n'êtes plus que cinq.

— Oh ! leurs tombes sont vertes, répliqua l'enfant ; et on peut les voir à douze pas au plus de la porte de ma mère, ils sont là tous deux, l'un à côté de l'autre.

Je viens m'y asseoir bien souvent en tricotant mes bas, en ourlant mon mouchoir ; et je leur chante mes chansons.

Souvent aussi, après le soleil couché, quand le temps est clair et beau, je prends ma petite écuelle et je vais manger mon souper auprès d'eux.

Ce fut la petite Jane qui mourut la première ; elle resta plaignante au lit, jusqu'à ce que Dieu la délivrât de sa peine, et alors elle s'en alla.

Ainsi on l'a couchée dans le cimetière ; et tout l'été, pendant que le gazon était sec, nous jouâmes autour de sa tombe, mon frère John et moi.

Puis quand la terre devint blanche de neige et que j'aurais pu y courir et glisser avec lui, mon frère John fut forcé de s'en aller aussi et il est couché à côté d'elle.

— Alors combien donc êtes-vous, si deux sont allés au ciel ? L'enfant répondit : O monsieur nous sommes sept !

— Mais il y en a deux de morts ; deux de vous sont morts ! et leurs âmes sont dans le ciel. » C'étaient paroles perdues. La petite fille fut obstinée et continua de me répéter : Nenny, nous sommes sept !

L'intelligence de cette enfant se refuse à l'idée de la mort, et ne peut non plus concevoir une séparation absolue de son frère et de sa sœur. Pour elle, le lien fraternel subsiste toujours. Cette obstination ingénue renferme un tendre et sublime instinct de l'immortalité des âmes.

# LE DERNIER DU TROUPEAU.

J'ai voyagé dans plusieurs pays, et il m'est rarement arrivé de voir un homme en pleine santé, un homme dans la force de l'âge, pleurant sur une grande route. J'en ai rencontré un sur le sol anglais : il venait seul le long du chemin, les joues sillonnées de larmes. Il me parut robuste, malgré son abattement. Il tenait un agneau dans ses bras.

Lorsqu'il m'aperçut, il se retourna pour ne pas être remarqué, et il essuyait ses larmes avec un pan de sa veste. Je le suivis en lui disant : Mou ami , qu'avez-vous ? Pourquoi pleurez-vous ainsi ? — J'en suis honteux, Sir; ce mouton que vous voyez est la cause de mes pleurs. Je l'apporte aujourd'hui de la montagne : c'est le dernier de tout mon troupeau.

Il faut vous dire qu'étant jeune et encore garçon , quoique peu soucieux de l'avenir , et me livrant volontiers aux passe-temps de la jeunesse, j'avais acheté une brebis. Cette brebis m'en donna une autre saine et forte que je pris plaisir à élever. Ensuite je me mariai, et je me trouvai bientôt aussi riche que je pouvais le souhaiter. J'eus à moi un nombreux troupeau , et chaque année accrut notre aisance.

En effet , de cette seule mère brebis , j'obtins en quelques années cinquante beaux moutons. C'était plaisir de voir ce beau troupeau sur la montagne où il cherchait sa nourriture. Il prospérait et tout prospérait aussi à la maison..... Eh bien ! ce bel agneau est le seul qui me reste ; le seul qui soit encore en vie ; et à présent que nous voilà réduits à la misère , je ne me soucie point de ce qui peut nous arriver de pire.

J'avais , Sir , six enfants à nourrir, et c'est une charge malaisée dans de mauvaises années. Mon orgueil était abattu par les besoins de ma famille. Je me décide à demander les secours de la paroisse. On me répond que j'étais riche, que j'avais un troupeau sur la montagne , et que je devais user de cette ressource pour procurer du pain à mes enfants. — Nous ne pouvons , me dirent-ils , vous donner ce qui appartient aux pauvres.

Je vendis donc un mouton, comme on me l'avait conseillé , et j'apportai du pain à mes enfants. Ils étaient bien portants, bien venants; mais, pour moi, ce pain ne me faisait pas de bien. Ce fut un temps douloureux pour moi que celui où je perdis ainsi peu à peu le fruit du travail et des soins de toute ma vie; où j'ai vu le petit troupeau que j'avais élevé décroître et fondre comme la neige au printemps sur la montagne. Oh! ça été pour moi un amer chagrin.

Encore un , puis un autre encore; d'abord l'agneau, puis vint le tour de la mère. Le besoin était toujours renaissant , et toujours il fallait recourir au boucher; mon cœur saignait à chaque perte qui réduisait mon pauvre troupeau. J'en comptai un jour trente qui me restaient : je les ai vu encore s'en aller l'un après l'autre, et, en vérité, j'ai plus d'une fois souhaité qu'ils fussent tous partis, sans vouloir penser à ce qui arriverait ensuite, pour me voir délivré de ces luttes intérieures qui se renouvelaient sans cesse : j'aspirais que ce tourment fût passé.

Je me sentis alors porté à commettre de mauvaises actions ; la pensée du mal me venait à l'esprit ; et il me semblait aussi que chaque homme qui me regardait pensait du mal de moi. Je ne goûtais plus ni repos, ni bien-être ; je ne trouvais de soulagement ni à la maison, ni au dehors ; mon ouvrage me pesait ; j'avais comme des vertiges durant mon travail. Enfin, j'ai pensé à fuir la maison et à aller cacher ma tête dans quelque repaire de bêtes sauvages.

Sir, c'était pour moi une chose bien précieuse que mon troupeau ; il m'était devenu aussi cher que ma famille même. Quand je le voyais prospérer, mon affection pour mes enfants s'accroissait de plus en plus. Puis sont venus ces jours si pénibles : dans ma détresse, j'ai pensé que la malédiction de Dieu était sur moi ; je le priais et cependant il m'a semblé que j'aimais moins mes enfants ; mon cœur se resserrait quand je voyais, de semaine en semaine, se dissiper mon troupeau afin de pourvoir à leurs besoins.

Il était bien diminué ; il allait disparaître entièrement : de dix, le voilà réduit à cinq ; de cinq à trois, un agneau, un mouton et une brebis. Enfin, des trois, il n'en reste plus que deux ; et, de mes cinquante, je n'avais plus hier qu'un seul ; le voici : c'est ce gros agneau que je tiens sur mon bras. Hélas ! je n'en ai plus d'autre que lui ; j'ai été le quérir aujourd'hui sur la colline ; c'est le dernier de mon troupeau.

# RUTH.

—

**BALLADE.**

—

Quand Ruth, encore en bas âge, perdit sa mère, son père se re-
maria, et l'enfant, à peine âgée de sept ans, fut négligée et aban-
donnée à elle même. Elle prit alors l'habitude d'aller au gré de sa
fantaisie, errer seule dans les champs, hardie et ignorant le péril.

Elle s'était fait un pipeau de paille d'avoine, et elle en tirait des
mélodies sauvages comme les murmures des vents et des flots ; elle se
bâtit une petite cabane de rameaux et de feuillages, comme si elle fût
née enfant des bois.

Même sous le toit paternel, elle vivait encore isolée ; elle s'y tenait
renfermée en elle même, ne trouvant de satisfaction qu'en soi, ne
faisant paraître ni gaîté, ni chagrin. — Les années s'écoulèrent et
Ruth, en prenant de l'âge, était devenue une grande jeune fille.

Vint alors dans cette contrée un jeune homme nouvellement arrivé
de la Georgie américaine. Il portait un casque militaire surmonté de
plumes brillantes qu'il avait rapportées du pays des Cherokees. Ces
plumes, de riches couleurs, flottaient sur sa tête au souffle de la
brise.

On eût pu croire qu'il était indien de naissance; mais non : l'Anglais était sa langue naturelle; et il avait traversé l'océan, à la fin des guerres de l'Amérique.

Son visage s'animait de vives couleurs; sa voix prenait les tons les plus séduisants. Mais son humeur était insouciante et vagabonde. Etant petit garçon, c'étaient les libres ébats de la solitude, les clairs de lune, les splendeurs du soleil, le murmure des eaux courantes qui avaient été ses plus chères délices.

Ce jeune aventurier avait le don de plaire. Il avait la beauté qui naît de la force et de l'indépendance, et la souplesse d'un naturel aimable dans ses jeux et ses fantaisies.

Il avait accompagné les Indiens dans leurs guerres; et ses récits surprenants, pleins de vives émotions, une jeune fille ne pouvait, sans danger, les écouter, sous les verts ombrages.

Il contait comme les filles Indiennes s'en allaient, au matin, par joyeux essaims, dansant et poussant des cris joyeux, cueillir les baies des arbrisseaux; et comme à la chûte du jour, elles s'en revenaient, chantant en chœur, à leur hameau.

Il parlait aussi de plantes merveilleuses qui se voient dans ces bocages et qui portent à la fois des fleurs de mille nuances différentes, qui naissent, éclosent, se flétrissent sur la même tige en un même jour, depuis la rosée du matin jusqu'à celle du soir.

Là, vous voyez le magnolier qui étend, sur le flanc des monts, sa large tête couverte de grandes fleurs, et le cyprès qui élance sa flèche toujours verte; et des chaînes de collines toutes resplendissantes, au soleil, de fleurs d'un rouge écarlate;

Puis les savanes qui se déroulent, devant vous, verdoyantes; et les grands lacs qui s'étendent à perte de vue, parsemés d'îles calmes, riantes comme celles qu'on croit voir dans les nuages colorés par le soleil couchant.

Il disait ensuite : — C'est dans ces bocages qu'on serait heureux de vivre de sa chasse, de sa pêche et des fruits que la culture obtiendrait d'une terre féconde; là où il est si facile de se créer un abri dans une clairière de la forêt, et d'y faire pétiller la flamme du foyer.

Et si ma chère Ruth y était près de moi, quelle heureuse vie serait la nôtre! Comme les jours et les années s'écouleraient dans un bonheur parfait, sans rien entendre de toutes les misères de ce monde!

Dans le désert, disait-il encore, l'amour qui nous attache à notre famille est si vif et si fort que l'enfant y devient plus cher à son père et à sa mère que la lumière même du jour.

Oh! si ma bien-aimée Ruth pouvait y venir avec moi, si elle consentait à être la compagne de ma vie, dans les bois, à y partager mon abri, quel bonheur je trouverais à parcourir ces belles solitudes, avec mon épouse, en poursuivant le daim et faisant notre nourriture de notre chasse!—

Durant la nuit qui suivit cet entretien, Ruth, dans son isolement, prit conseil d'elle même; une larme s'échappa de ses yeux; elle réfléchit encore et se décida à passer la mer avec le jeune homme, à être sa compagne dans les forêts du Nouveau Monde.

—A présent, lui dit-elle, notre devoir est d'aller à l'église et de nous y donner notre foi comme mari et femme. — Ils furent donc unis à l'église, et tout ce jour, la douce jeune fille fut heureuse d'une félicité au dessus de la vie humaine.

De ravissantes perspectives s'ouvraient à son imagination : unie à son ami et portant son nom, ce sera sans trouble qu'elle vivra de moitié avec lui, bientôt sur les flots de l'océan, puis dans les prairies et les bois du Nouveau-Monde.

Mais hélas! son ami s'était associé à la vie de tribus errantes d'Indiens dans l'Ouest. Pour lui, jeune, bouillant, plein de sève et d'ardeur, cette vie et ce climat avaient trop de dangers.

Tout ce que cette nature, d'une si puissante énergie, fournit à ses sensations et à son activité, donna de l'élan aux mouvements désordonnés de son cœur.

. . . . . . . . . . . . . . . . . . . .

Cependant il se mêlait, j'imagine, des intentions pures à ses vues les plus coupables. Car les passions, dans une si riche organisation, devaient inspirer aussi parfois des sentiments nobles et élevés.

Mais il avait trop vu commettre le mal dans la société d'hommes qui ne connaissent ni un meilleur genre de vie, ni d'autre loi que leurs penchants. Il avait reçu et adopté leurs vices. Son heureux naturel s'était dépravé, et ses désirs étaient devenus ceux des âmes dégradées.

C'était pourtant avec une passion sincère qu'il avait séduit la pauvre Ruth. C'était avec une égale ivresse qu'il avait partagé ses plus tendres illusions. Et comment n'aurait-il pas aimé cette jeune fille ingénue et enthousiaste, si aimable et si délaissée !

. . . . . . . . . . . . . . . . . . . . . . . . .

Au bout de quelque temps passé ensemble, ils se préparèrent à accomplir le projet de voyage. Ils gagnèrent la côte pour s'embarquer. Mais, arrivés là, le jeune aventurier disparut, abandonnant son épouse qui n'a jamais pu le revoir.

Que Dieu soit en aide à la pauvre Ruth ! Son désespoir fut si violent qu'elle devint folle. Elle fut recueillie et enfermée dans un hospice. Souvent, dans sa prison, elle chantait ; et, lorsqu'elle y mêlait des souvenirs de son amour trahi, ses chants prenaient une expression terrible.

Dans d'autres moments, son délire était doux et paisible : c'étaient de riantes visions, du soleil, des ondées de pluie, des herbes fleuries et les amusements de Mai. Tout cela venait égayer sa sombre cellule ; rien ne manquait au paysage imaginaire, ni le murmure d'un ruisseau qui coule sur des cailloux.

Avant qu'une année se fût écoulée, de cette triste réclusion, elle put s'échapper de l'hospice. Réduite à une vie errante et misérable, elle ne prit point le caractère d'une mendiante. C'était dans les endroits qui lui plaisaient le mieux, qu'elle allait chercher un abri et demander son pain.

Mais qu'elle se sentit heureuse de se retrouver en liberté, de respirer de nouveau l'air des champs ! Lorsqu'elle eut atteint les bords de la Tone (*), elle y demeura et choisit son abri sous un arbre de la forêt, qui était alors verdoyante.

Elle aimait encore à regarder les rochers, la nappe ondoyante des étangs, à écouter, muette et calme, les soupirs des brises qui remuent les feuilles nouvelles des arbres. Son esprit troublé ne repor

(*) Rivière du Somersetshire.

tait pas sur les paisibles objets dont elle était environnée, le souvenir cuisant de son malheur.

La grange d'une ferme voisine lui fournit son gîte des nuits d'hiver. Mais tant que durait l'été, tant que le soleil échauffait l'atmosphère, Ruth préférait un arbre de la forêt, sous lequel elle s'endormait chaque soir.

Telle était son innocente vie; et cependant Ruth sera, long-temps avant l'âge, cassée et vieillie. Quand il ne lui surviendrait pas de nouvelles peines, elle dépérirait prématurément par la misère du corps : n'est-elle pas sans cesse exposée aux injures de l'air, à l'humidité, aux pluies, aux grands froids ?

Lorsqu'elle veut se procurer de la nourriture, elle quitte la forêt et vient au bord de la route. Là, elle demande l'aumône, dans un endroit escarpé où les voyageurs sont obligés de ralentir le pas de leur cheval.

Son chalumeau d'avoine est muet à cette heure, ou bien elle l'aura jeté : c'est avec une flûte faite d'une tige de persil sauvage, qu'elle égaie sa solitude. Le bûcheron des collines de Quantock entend les sons de ce pipeau lorsque Ruth se promène le soir dans son domaine bocager.

Moi aussi, j'ai passé près d'elle, sur ces collines : je l'ai vue qui construisait de petits moulins sous les chûtes d'eau d'un ruisseau entre-coupé de rochers. C'étaient ses jeux d'autrefois, avant qu'elle n'eût connu la douleur, les larmes amères, alors qu'elle était heureuse petite enfant.

Reçois l'adieu du poète, ô Ruth ! et quand ton dernier jour sera venu, pauvre fille, si maltraitée du destin, du moins ton corps reposera dans une terre consacrée. La cloche de l'église te donnera un glas funèbre; et une assemblée chrétienne chantera pour toi le psaume qui promet une vie meilleure.

## NOTE LITTÉRAIRE.

M. O'Sullivan , auteur des *Elegant Extracts* , recueil devenu classique en France pour l'enseignement de la langue anglaise , a donné la note suivante sur l'auteur des Ballades :

William Wordsworth est un des poètes vivants les plus originaux de l'Angleterre ; il est le poète du pur sentiment. L'on ne saurait citer avec une expression de trop haute estime la plupart de ses *Lyrical Ballads :* la Fontaine du Saut-du-Cerf, le poème de Ruth , la Pauvre Susan , la Complainte d'une Femme indienne ; ainsi que les Bords de la Wye , le Pêcheur de Sangsues , les Vers au Coucou, à la Pâquerette, plusieurs Sonnets, et cent autres compositions d'une inconcevable beauté , d'une perfaite originalité et d'un style noble et naturel.

Il est à la tête de l'*Ecole des Lacs*, que le spirituel critique William Hazlitt a définie ainsi :

Les Lakistes ont fondé une École sur le principe de la Nature reproduite sans nul ornement artificiel ; leur poésie nivelle toutes distinctions, natives et sociales ; elle brise toutes les images dorées de la poésie de convention, elle efface ses armoiries, et elle refond les types de l'Art dans le moule de la commune Humanité. Les preuves abondent dans leurs œuvres, dans les Églogues de *Botany-Bay* , de Robert Southey, dans les *Ballades Lyriques* de Coleridge et de Wordsworth.

---

# LE SOIR SUR UN LAC.

—

Tandis que notre bateau s'avance, sans bruit, vers le couchant teint de pourpre et de cramoisi, comme la face de l'eau resplendit, devant nous, de ces riches couleurs du ciel!

Et voyez comme, derrière nous, cette onde paraît sombre et noire, elle tout à l'heure si riante et lumineuse. Peut-être plus loin, elle présente à d'autres promeneurs cette fausse joie, cet éclat d'un instant.

Telles sont les clartés décevantes qui séduisent les jeunes imaginations. Sans prévoir la sombre obscurité qui leur succède, le poète s'imagine ces belles couleurs toujours brillantes et permanentes jusqu'au repos de la tombe.

— Et laissez le nourrir cette illusion de bonheur. Ne lui dites pas que la douleur doit assombrir ses derniers jours. Qui ne chérirait ces doux rêves quoique le chagrin et les peines ne puissent nous manquer au lendemain!

# MICHAEL,

## UNE FAMILLE DU WESTMORLAND.

Si vous détournant de la route, vous dirigez vos pas vers le torrent de Green-head Ghill, il faut vous attendre à gravir un sentier rude et escarpé. Tandis que vous gravissez cette hauteur, vous avez en face de vous les montagnes et leurs verts pâturages. Mais une fois parvenu à cet impétueux courant d'eau, vous vous trouvez environné des sommets de la montagne, et vous avez au-dessous de vous un vallon solitaire. L'on n'y aperçoit aucune habitation, mais seulement quelque bétail, partout des rochers et des pierres, et en haut des milans qui planent silencieusement dans l'air. C'est vraiment une profonde solitude, et je n'aurais point cité cette vallée si je ne voulais appeler l'attention sur une ruine près de laquelle le voyageur passerait sans la regarder.

Non loin du torrent, on voit un amas de pierres brutes auquel se rattache le souvenir d'une famille de cette contrée. Quoique peu fournie d'événements, cette histoire peut occuper une heure d'une veillée ou d'une soirée d'été. Ce fut le premier récit que j'entendis sur la vie de ces pâtres, habitants de nos vallées, que j'affectionnais déjà, non à la vérité pour eux-mêmes, mais pour les prairies et les collines auxquelles leur existence entière est liée. Etant encore enfant, insoucieux des livres , mais déjà sensible aux impressions de la Nature, je pris plaisir à ce récit; et par l'attrait des images simples qu'elle m'offrait, cette histoire fit naître ma sympathie pour des sentiments au-dessus de mon âge , me conduisit à réfléchir, vaguement, il est vrai, sur l'homme, le cœur humain et notre existence. Ainsi, quoique ce ne soit qu'un tableau d'une vie agreste et commune, il peut présenter quelque intérêt aux imaginations jeunes qui mettent leur bonheur dans les sentiments naturels...

Sur la lisière de la forêt, dans la vallée de Grasmere, vivait un pâtre, nommé Michael; c'était un homme déjà vieux , courageux et robuste. Les travaux de toute sa vie lui avaient acquis une force peu commune. Son esprit était vif, profond et sévère, apte à toutes affaires. Il était, dans le soin des troupeaux, d'une activité , d'une vigilance au-dessus des hommes ordinaires. Aussi il avait acquis l'intelligence des vents, des bruits aériens qui présagent les tempêtes , et , plus d'une fois, quand les autres n'y faisaient point attention, il avait saisi la sourde musique du vent du sud dans les flancs de la montagne, semblable au son des cornemuses qui vous arrive de loin , du haut des collines. C'était un avis pour Michael de penser à son troupeau , et il se disait à lui-même : — les vents me préparent de la besogne pour aujourd'hui. Le présage ne manquait pas de se réaliser, et l'orage , qui pousse le voyageur vers un abri, appelait alors le vieux pâtre aux sommets de la montagne. Combien de fois il s'y était trouvé enveloppé des nuées de brouillard , qui l'avaient laissé encore seul occupé sur ces hauteurs !

Telle avait été l'existence de Michael jusqu'à sa 80e année; et il ne faut pas croire que ces objets dont il vit entouré, les vallées verdoyantes, les rochers, les ruisseaux soient indifférents à la pensée du gardien de troupeaux. Non : ces plaines où il respire un air si pur, les collines qu'il a si souvent gravies d'un pas vigoureux , lui sont devenues chères. Là, son âme s'est pénétrée de sentiments divers, de joie et de crainte ; elle s'y est exercée à la prudence, au courage, à la résolution. Le pâtre a conservé comme en un livre le souvenir de ces animaux qu'il a sauvés, qu'il a nourris, qu'il a abrités; et à ces actes qui déjà lui laissaient une impression agréable, s'est joint le calcul d'un gain mérité.....

Ses jours ne s'étaient pas écoulés dans l'isolement: sa compagne était une femme âgée de vingt ans moins que lui; femme ménagère, toujours occupée, dont toutes les affections étaient concentrées dans sa maison. Elle avait deux rouets, de forme antique, le plus grand pour la laine, le plus petit pour le lin; et quand l'un des deux était au repos, c'est que l'autre était en activité. Les époux n'avaient qu'un seul enfant. Ce fils naquit lorsque déjà Michael, repassant le nombre de ses années, commençait à se dire qu'il était vieux, qu'il avait déjà un pied dans la tombe. Ce fils unique, avec deux braves chiens de Berger, maintes fois éprouvés dans les tempêtes de la montagne, composaient toute cette habitation. L'infatigable industrie de cette famille était passée en proverbe dans la vallée. A la fin de chaque journée, quand le père et le fils étaient rentrés, quittes de leurs occupations du dehors, leur travail recommençait après le souper; ils s'asseyaient d'abord à une table où un plat de potage et de lait écrémé, le fromage fabriqué dans la maison entouraient une corbeille pleine de gâteaux d'avoine. Et quand ils avaient pris leur nourriture, les deux hommes s'occupaient à des ouvrages qui n'exigent que le travail des mains, au coin du feu, tantôt à carder de la laine pour le rouet de la bonne mère, ou bien à réparer une faulx, une faucille, un fléau ou quelque autre objet du mobilier rural.

Au rebord de la cheminée, qui, selon l'antique coutume du pays, s'avance et forme une large saillie, sitôt que le jour venait à défaillir, la mère suspendait une vieille lampe, qui avait duré plus longtemps que nulle autre. Combien d'heures s'étaient écoulées sans être comptées dans ces veilles! Depuis nombre d'années, le couple laborieux menait cette vie uniforme et peu fertile en joies, mais animée par l'activité et l'espoir qui renaissent chaque matin avec la tâche journalière.

Et lorsque Luke eut atteint sa dix-huitième année, assis tous deux à la lueur de cette lampe, le père et le fils prolongeaient la veillée avant dans la nuit, tandis que la bonne ménagère faisait, sans relâche, retentir la maison du bourdonnement de son rouet. Cette clarté nocturne était renommée dans tout le voisinage, elle était comme un symbole de l'existence laborieuse du vieux couple. Leur maison, en effet, était isolée sur une éminence, ayant une vue étendue au nord et au sud, sur les vallons d'Easedale et sur la butte du Dunmail, et à l'ouest sur le village riverain du lac. Cette clarté s'apercevait ainsi de fort loin ; de sorte que tous les habitants de cette vallée, accoutumés à la voir briller constamment aux mêmes heures de la nuit, ne désignaient plus la maison elle-même que par le surnom de l'*Etoile du Soir*.

Après tant d'années passées ensemble, l'attachement de Michael pour sa compagne était celui que l'on a pour un autre soi-même. Mais pour ce fils de son vieil âge, il avait une plus tendre affection. Cet enfant lui avait apporté des espérances, des pensées d'avenir, de vives sollicitudes, alors que la nature les affaiblit, les assoupit en nous-mêmes. Luke était pour son vieux père, l'objet constant de ses pensées, toute la joie de son cœur. Maintes fois on vit Michael, quand l'enfant était tout petit, le tenir dans ses bras, non par complaisance paternelle, mais par l'impulsion d'une tendresse attentive et patiente. Sa main s'était souvent assouplie à bercer le nourrisson. Puis, durant la première enfance, il aimait à l'avoir sous ses yeux toute fois qu'il travaillait près de la maison, ou lorsqu'il était assis sur son escabeau de pasteur, avec des moutons devant lui, sous ce large vieux chêne qu'on voyait près de leur porte. Sa vaste étendue d'ombre avait fait choisir cet arbre pour abriter du soleil, dans la tonte des troupeaux ; d'où lui est venu le nom de l'Arbre-du-Tondeur, qu'on lui donne encore dans nos campagnes. Quand ils étaient, tous les deux, assis sous cet ombrage, environnés des autres, tous empressés et joyeux, le vieillard faisait souvent effort sur lui-même, pour réprimander l'enfant vif et remuant qui tantôt tirant les moutons par les jambes ou les effrayant par ses cris de joie, les faisait quelquefois blesser par le ciseau du tondeur.

. . . . . . . . . . . . . . . . . . . . . . .

Lorsque Luke eut atteint sa dix-huitième année, il devint l'appui et tout l'espoir de son vieux père. La famille était dans cette heureuse situation quand il arriva à Michael de sinistres nouvelles. Bien long-temps avant cette époque, il s'était porté caution de son neveu, homme laborieux et qui inspirait pleine confiance par son industrie et ses moyens. Mais des malheurs imprévus étaient venus fondre sur lui, et le vieillard se voyait obligé de remplir lui-même les engagements de son neveu, pour une somme à peu près équivalente à la moitié de ce qu'il possédait. Ce coup inattendu l'accabla d'abord et lui enleva des espérances de sa vie plus qu'il n'aurait jamais supposé que pût en perdre un homme de son âge. Aussitôt qu'il eut recueilli assez de calme et de force pour envisager son malheur de sangfroid, il crut que son unique ressource était de vendre une partie de son patrimoine, et ce fut là sa première résolution. Puis il réfléchit et son courage défaillit à cette perspective. — Isabel, dit-il à sa femme, le second soir après la fatale nouvelle, voilà plus de soixante ans que je travaille, et nous avons jusqu'ici vécu des fruits de notre travail, confiants en la bonté de Dieu. S'il faut que je voie nos champs, le bien de notre famille, passer aux mains d'un étranger, il me semble que je ne pourrai après cela reposer en paix dans ma fosse. En vérité, nous ne méritions pas ce malheur : toujours dispos à mon ouvrage, le soleil était à peine plus diligent que moi. Et je finirais ma vie comme un dissipateur, par la ruine de ma famille! Oh! il a été bien coupable, il a bien mal choisi ses victimes, l'homme qui a ainsi trahi notre confiance ; et s'il n'est point coupable, je ne puis m'empêcher de penser qu'à des milliers d'hommes une pareille perte eût été légère et n'eût pas apporté la désolation... Mais où vais-je m'égarer dans ces vaines paroles! ma première idée était de te découvrir un remède que j'imagine, une espérance qui est venue me ranimer. Il faudra, Isabel, que notre Luke nous quitte. Notre terre pourra nous rester tout entière et sans être grevée d'aucune charge. Mon fils la possédera, il l'aura entièrement libre, libre comme l'air. Il faut avoir recours à notre cousin : c'est lui qui, dans cette détresse, peut se montrer notre ami. Il est riche, il prospère dans son commerce. Luke ira le trouver. Avec l'aide de son cousin et son propre travail, j'espère qu'en peu de temps, il réparera cette perte, et alors il reviendra avec nous. S'il reste ici, que ferons-nous ? que peut-on gagner là où chacun est pauvre ?

Isabel demeura silencieuse, car son esprit était préoccupé d'un souvenir rassurant. Il y avait, se disait-elle, ce pauvre enfant Richard Bateman, élevé par la charité de la paroisse : on fit une quête pour lui, à la porte de l'église, on recueillit shillings, pences, demi-pennics ; et avec ces secours, des voisins lui remplirent une corbeille de petit mercier. Chargé de son panier, le jeune garçon s'achemina vers Londres ; il y trouva un maître dont il mérita la confiance et qui le choisit pour conduire et surveiller son négoce au-delà des mers. Il y devint prodigieusement riche ; il a légué aux pauvres des terres et des rentes ; il a fait bâtir au lieu de sa naissance une chapelle, pavée de marbre qu'il envoya des pays étrangers. Ces pensées, et d'autres de même nature, traversaient rapidement l'esprit d'Isabel ; sa figure s'éclaira d'un rayon d'espoir. Le vieillard, encouragé, reprit en ces mots : — Voilà donc qui est bien, Isabel. Cette pensée m'occupe sans relâche depuis deux jours, elle m'a tenu lieu de boire et de manger. Il nous reste plus encore que nous n'avons perdu. Si, moi-même, j'étais plus jeune !... Mais on peut se reposer sur cette espérance. Apprête, pour notre fils, ses meilleurs habits ; achète ce qui peut lui manquer et résignons-nous à le voir s'éloigner au plutôt. — Michael s'en alla aux champs, le cœur allégé. La mère, durant cinq jours, ne prit pas de repos : ses journées entières furent employées à coudre, à préparer les vêtements de son fils, tout ce qui était nécessaire pour le départ. Mais elle vit avec plaisir arriver le dimanche pour interrompre son ouvrage. Car, les deux dernières nuits, elle s'était aperçue que le sommeil de son mari était tourmenté ; et lorsqu'ils se levèrent, elle reconnut que toutes ses espérances s'étaient évanouies.

A l'heure de midi, elle s'assit à la porte de la maison, et Luke auprès d'elle : — tu ne t'en iras pas, lui dit-elle ; tu es notre unique enfant : si nous venions à te perdre !... non, il ne faut point partir ; si tu quittes ton père, il en mourra de chagrin. — La réponse du jeune homme fut affectueuse. Et Isabel, après avoir exprimé ses craintes, sentit renaître son courage. Le soir, elle leur fit un régal de ses meilleures provisions, et la petite famille passa une heureuse soirée, ensemble, devant un bon feu.

Au point du jour, la mère reprit son travail, et durant encore toute cette semaine, la maison eut une apparence d'espoir et de gaîté, comme un bosquet avec tous ses feuillages de printemps. Enfin arriva la lettre du cousin : elle contenait des assurances amicales que le jeune homme serait bien accueilli et qu'il recevrait tous les soins d'un bon parent. Il ajoutait que l'on pouvait l'envoyer prochainement. La lettre fut lue dix fois au moins, la mère fut la montrer à tous leurs voisins ; et Luke, à cette grande nouvelle, comme son cœur fut énorgueilli !... Lorsque la mère fut rentrée, Michael dit : il partira demain. Mais Isabel parla d'une multitude de choses qui seraient omises en un si court délai. Enfin elle consentit et le vieillard fut satisfait.

A peu de distance du torrent de Green-Head Ghill, dans la profonde vallée où il coule, Michael s'était proposé de bâtir un parc de moutons, et, avant la nouvelle de son malheur, il avait déjà formé un amas de pierres qui, amoncelées au bord du ruisseau, attendaient la main de l'ouvrier. Ce même soir, il vint, en se promenant avec Luke dans ce vallon, et, parvenus au monceau de pierres : — mon fils, dit-il, c'est demain que tu dois me quitter. Je repose mes yeux sur toi avec un cœur content, car tu fus pour moi, avant ta naissance, une promesse de bonheur, et tu as été en effet la joie de tous mes jours. A la veille de nous séparer, écoute mes souvenirs de ton enfance : Quand tu vins au monde, durant deux jours, comme tous les nouveaux-nés, tu restas endormi : pendant ce sommeil, combien n'ai-je pas alors appelé sur toi les bénédictions du ciel ! ma tendresse pour toi s'accrut de jour en jour. Jamais plus doux sons n'étaient venus à mon oreille que lorsque j'entendis, au coin de notre foyer, les premiers accents de ta voix, qui n'étaient encore que des murmures, et, lorsqu'épanoui de contentement, tu chantais sur le sein de ta mère. Les mois s'écoulèrent, et si je n'avais été obligé de vivre au milieu des champs et sur la montagne, tu aurais été élevé sur les genoux de ton père. Mais, Luke, nous étions compagnons de jeu, et, tu t'en souviens, sur ces collines nous avons joué souvent ensemble : ainsi, avec ton vieux père, tu n'as perdu aucun des amusements du jeune âge.

Luke avait le cœur mâle, mais, à ces mots, il ne put s'empêcher de sangloter. Le vieillard saisit sa main et dit : — ne prends pas cela ainsi, mon fils : aussi bien si tu as trouvé en moi tout l'amour d'un bon père, je n'ai fait que te rendre ce que j'avais moi-même reçu de mes parents, et, quoique mon âge dépasse le terme ordinaire de la vie, je me ressouviens de ceux qui m'ont aimé dans mon enfance. Tous deux dorment l'un près de l'autre. Ils ont vécu dans ce village comme y avaient vécu leurs ancêtres, et quand vint pour eux l'heure du repos, ils ne regrettèrent point de réunir leurs corps à la sépulture de la famille. J'ai souhaité que tu aies ici la même vie qu'ils ont eue, mais le passé me semble long, ô mon fils, quand je vois un si faible gain de soixante ans de travaux. Ces champs étaient grevés lorsqu'ils vinrent en ma possession. Jusqu'à l'âge de quarante ans, il ne m'appartint que la moitié seulement de mon héritage. Je travaillai sans relâche : Dieu me bénit dans mon ouvrage ; et, il y a trois semaines, cette terre était encore libre et tout entière à nous. Non, je ne puis m'imaginer qu'elle doive avoir un autre maître. Que le ciel me pardonne, Luke, si j'adopte un mauvais parti pour toi, mais il me semble nécessaire que tu nous quittes. — Alors, lui montrant l'amas de pierres, — cet ouvrage, reprit il, était pour nous deux ; à présent, mon fils, le voilà pour moi seul. Mais toi, pose ici une première pierre. Oui, ayons bon espoir, espérons que tous les deux nous vivrons pour voir un meilleur jour. A quatre-vingt-quatre ans, je suis encore sain et robuste. — Voilà ta part de l'œuvre faite, je ferai la mienne. Je vais reprendre bien d'autres tâches, qui étaient devenues les tiennes. Je vais me retrouver seul sur les monts et parmi leurs tempêtes comme autrefois, avant de t'avoir avec moi. Que le Ciel te bénisse, enfant! depuis ces deux semaines, ton cœur a été échauffé de bien des espérances ; oui, il faut que cela soit. Je sais, Luke, que tu n'aurais jamais eu le désir de nous quitter ; les liens par lesquels tu m'es attaché ne sont que des liens d'amitié. Quand tu seras parti, hélas! que nous restera-t-il ?... Mais, j'oublie mon dessein : pose la pierre du coin, selon mon vœu, et ensuite, quand tu seras loin d'ici, si tu as pour compagnons des hommes mauvais, pense à moi, mon fils, rappelle-toi ce moment. Tourne tes pensées vers nous, et Dieu te donnera de la force. Surtout, Luke, je souhaite qu'en tout péril, en toute tentation, tu aies toujours dans la mémoire la vie honnête et pure de tes parents. Et maintenant, adieu... à ton retour tu verras à cette place un ouvrage qui sera une marque de l'accord fait entre nous. Vas, quelque puisse être ta destinée, je ne cesserai de t'aimer jusqu'à mon dernier soupir et j'emporterai ton image dans ma tombe.

Alors, Luke se baissa et plaça la première pierre du parc. A cette vue, le vieillard ne put contenir sa douleur, il pressa son fils contre sa poitrine, le baisa en pleurant et tous deux reprirent le chemin de la maison. Elle parut, ce soir-là, livrée à un profond repos, cette maison, avant que la nuit fût tombée. Le lendemain, à la pointe du jour, le jeune homme se mit en voyage; et, lorsqu'il eut atteint la route, sa figure prit un caractère de résolution. Les habitants du voisinage, à mesure qu'il passait devant leurs portes, sortaient et venaient lui souhaiter un heureux voyage, et lui répétaient leur adieu jusqu'à ce qu'ils l'eussent perdu de vue.

La famille reçut bientôt une lettre de leur cousin, donnant des nouvelles de Luke et de sa bonne conduite. Lui-même écrivit des lettres pleines d'affection; il y parlait avec admiration des nouveaux objets qui s'étaient offerts à ses regards. C'étaient, au dire de la bonne mère, les plus jolies lettres que l'on eût jamais vues. Le cœur des parents s'épanouissait à cette lecture. Plusieurs mois s'écoulèrent ainsi, et le vieux pâtre retournait à sa besogne journalière avec de riantes pensées et confiance dans l'avenir. Parfois, lorsqu'il trouvait une heure de loisir, il s'en allait vite à la vallée du torrent, et il se mettait à travailler au parc.

Cependant Luke commença à se relâcher dans ses devoirs, il finit par se laisser entraîner aux plaisirs dangereux que lui offrit la corruption d'une grande ville; il s'y abandonna en aveugle, et attira sur lui la sévérité des lois et le déshonneur. Il se vit réduit à chercher un lieu de refuge au-delà des mers.

Il y a dans la force de l'amour une puissance qui peut nous rendre supportable un malheur, capable, sans cela, de bouleverser le cerveau ou de briser le cœur. Je me suis entretenu avec plusieurs habitants de la vallée, qui se rappellent bien du vieillard et qui m'ont dit comme ils l'ont vu, durant des années encore, après cette accablante nouvelle. Son tempérament avait été, jusqu'à ce grand âge, d'une vigueur extraordinaire. Il s'en allait encore sur les sommets de la montagne, examiner les clartés du soleil et les signes des tempêtes.

Comme auparavant, il s'acquittait de tous les travaux nécessaires à son troupeau, ainsi qu'à la culture des champs qui formaient son petit patrimoine. De temps en temps on le voyait encore tourner ses pas au vallon où il avait médité de bâtir le parc destiné à son troupeau ; on n'a pas oublié le profond sentiment de compassion qu'inspirait à tous ce vieillard... et l'on s'accorde à croire que, quoiqu'il y ait été bien des fois, jamais il n'y a levé une seule pierre.

On l'a vu quelquefois seul, près de l'enceinte de ce parc, assis, ayant son fidèle chien, alors bien vieux, couché à ses pieds. Durant sept ans entiers, il vint dans l'intention de travailler à cette muraille et il mourut en laissant cet ouvrage inachevé. Isabel ne survécut que trois ans à son mari. A sa mort leur propriété fut mise en vente et passa aux mains d'un étranger. La maison, connue sous le nom de l'Étoile-du-Soir, fut détruite ; la charrue a sillonné le terrain où elle exista. De grands changements se sont effectués dans le voisinage, mais le chêne qui s'élevait près de leur porte subsiste encore, et l'on peut voir aussi le mur inachevé du parc de moutons, à peu de disance du torrent de Green-Head Ghill.

---

## LA PAQUERETTE.

(DAISY).

Je me plaisais, dans mon jeune âge,
A gravir collines et monts,
Cherchant les vastes horisons
Par un sentier rude et sauvage.

Mais l'âge a bien changé mes goûts :
A présent, dans une prairie,
Je trouve des plaisirs plus doux ;
Une pâquerette fleurie
Y suffit à ma rêverie.

Sitôt que l'air moins rigoureux
Laisse épanouir quelque plante,
Dans l'herbe déjà verdoyante
Lorsqu'une fleur s'offre à nos yeux,
C'est toi, petite pâquerette,
Que notre coup-d'œil y saisit,
D'un fossé couronnant la crête,
Avec ta blanche collerette
Belle d'un reflet cramoisi !

Ta course ne fut pas bornée
A la saison où tout est fleur :
Pour voir le déclin de l'année
Tu survis aux mois de chaleur.
Les arbres perdent la feuillée
Sous laquelle a mûri le fruit ;
La plaine est nue et dépouillée :
Ta fleur, sur sa couche mouillée,
Guette encore un rayon qui fuit.

De la terre enfant bien-aimée,
Le premier soin au renouveau
De cette terre ranimée
Ne fut-il pas pour ton berceau ?
Après la fraîche violette,
Après les œillets des gazons,
Après les roses des buissons,
Elle produit la pâquerette,
Son amour, en toutes saisons.

# L'ALOUETTE.

—

Petit oiseau qui t'élèves aux cieux
En y chantant à gorge épanouie,
Là-haut tu disparais à ma vue éblouie,
Et ta voix nous retombe en flots mélodieux !

Quand tu chantes ravie et si haut élevée;
Jusque dans les clartés du ciel pur et brillant,
Tu penses à ton nid, à ta chère couvée,
Et redescends bientôt de ce palais riant
Au nid où de doux soins te veulent captivée.

Tu reviens à ton nid, frais de rosée encor,
Caché parmi les blés, sous leur tige ondoyante;
Là tu viens, au retour de ton sublime essor,
Sur tes œufs replier ton aile frémissante,
Et ta voix épuisée est muette et s'endort.

Toi qui sais devancer la saison printannière,
Laisse le rossignol, sous l'ombrage des bois,
Célébrer ses amours, le soir, dans la clairière;
Toi, faite pour bénir la céleste lumière,
C'est aux plaines de l'air que s'exhale ta voix :

Tel on voit le pieux génie,
Modeste en son plus vif essor,
Enivré de pure harmonie,
Revenir à notre humble bord.
S'il s'élève jusqu'à la nue,
Amoureux du jour éternel,
Les belles clartés qu'il salue,
Ne lui font pas perdre de vue
Son nid au sillon maternel.

---

# LE COUCOU.

IMITÉ.

Au mois de mai, le vert feuillage,
Après l'ondée, est plus frais et brillant;
Lorsqu'il reluit au beau soleil riant,
Tous les oiseaux qui peuplent un bocage
Se raniment joyeux, à la fois gazouillant.
De leur vibrant concert on aime l'harmonie.
— Mais qui peindra l'effet du cri qui, tout à coup,
Nous arrive de loin, du bois, de la prairie,

De la colline... on ne sait d'où ;
Voix qui nous fait rêver dans la plaine fleurie,
Voix printanière du Coucou ?


Elle parvient jusqu'à la voûte obscure
Où, seul, un prisonnier languit ;
Voix qui soulage son ennui,
En révélant l'éveil de la Nature.


Voix du printemps, qui console en son lit
Celui qu'y retient la souffrance.
En l'écoutant, le malade sourit
Et se berce encor d'espérance.


Sur ce globe, un jour à venir,
Un jour, l'aigle et sa race altière,
Le lion, voix terrible et fière,
N'auront laissé qu'un souvenir.
Mais tant qu'auprès d'une chaumière
Le coq matinal, par ses chants,
Au frais retour de la lumière,
Enverra l'ouvrier aux champs ;
Toujours, à la saison nouvelle,
Oiseau, cher à nos premiers ans,
Ta voix, à nos climats fidèle,
Embellira notre printemps.

# LE PÊCHEUR DE SANGSUES.

## RÉSOLUTION ET INDÉPENDANCE.

—

Il y avait eu une tempête durant la nuit, la pluie était tombée par
torrents, mais, au matin, le ciel éclairci était tout radieux d'un soleil de printemps. On entend, au loin, dans les bois, chanter les
oiseaux : c'est le pigeon ramier qui roucoule sur son arbre et qui re-
commence à roucouler ; c'est la pie, en belle humeur, qui jase et le
geai qui lui répond ; de toutes parts les bruits des eaux qui s'écoulent
dans les vallons.

Voici, à cette heure, en plein air et au grand jour, tous les êtres
qui aiment la clarté du soleil. Les herbes reluisent des gouttes de
pluie — et là-bas, j'aperçois le lièvre qui s'exerce gaîment à courir
dans la plaine du marécage ; il élève avec ses pattes, sur la terre,
trempée d'eau, un petit nuage qui brille au soleil et marque au loin
sa trace tant que votre œil peut le suivre.

J'étais, ce jour-là, en voyage dans la plaine marécageuse. Je voyais
trotter le lièvre, j'entendais le bruissement des bois et celui des
chûtes d'eau; et, le plus souvent, je n'entendais rien, le cœur épanoui,
heureux comme un enfant, tout entier au charme de la belle saison.
Mes anciens souvenirs renaissaient en foule, et je pensais aussi à
toutes les voies de l'homme, si vaines, si vides de bonheur !

Il arrive quelquefois, quand notre âme s'est élevée au plus haut

point de joie et de félicité , que nous venons à retomber de ce ravisse-
ment à un degré aussi profond d'abattement : c'est ce que j'éprou-
vai dans cette riante matinée. Des craintes vagues , des idées chimé-
riques vinrent m'assaillir. Je tombai dans une sombre tristesse , dans
une soucieuse rêverie que je ne puis définir.

Alors je prêtai l'oreille aux gazouillements mélodieux de l'alouette,
là haut, dans ce ciel si clair et si serein ; je me remis devant les
yeux le lièvre que , tout à l'heure, je voyais courir si alerte sur les
pelouses ; ne suis-je pas , me disais-je , un heureux enfant de la terre
comme ces insouciantes créatures ? Ne puis-je pas me faire un bonheur qui ressemble au leur? Ma vie s'écoule loin du monde , libre
des pénibles soins... à présent bien ; mais un jour peut venir où je
connaîtrai l'isolement, la peine du cœur, la détresse , la pauvreté.

Jusqu'ici j'ai vécu tout entier à d'agréables pensées , comme si
toute l'affaire de cette vie ne pesait pas plus que le loisir enchanté
d'une journée d'été ; comme si tout ce qui est nécessaire à notre existence devait arriver, sans avoir la peine de le chercher, à celui qui a
foi dans la Providence et conserve les sentiments naturels , ces dons
du ciel , dans un cœur simple et droit. Mais peut-il espérer voir les
autres bâtir pour lui, semer pour lui, venir l'entourer de leurs soins
et de leur amitié, celui qui , dans son imprévoyance , ne prend nul
soin pour lui même ?

Et je pensai à Chatterton, ce génie précoce , cette âme inquiète ,
et qui périt dans son orgueil. Je me rappelai celui qui marcha si glorieux et content derrière sa charrue sur le flanc de la montagne. Le
poète vit dans l'enchantement de ses propres facultés ; il tient son
cœur ouvert à l'espoir, à l'amour ; et une fois notre jeunesse écouleé,
que trouvons-nous au terme de la carrière ? le courage défaillant ,
l'esprit qui se trouble, la mélancolie et l'abandon...

Mais, par une grâce d'en haut, une faveur de la Providence , tandis que je luttais contre ces désolantes pensées , j'aperçois dans ce désert , au bord d'un étang sans ombrage , un homme, un vieillard :
jamais homme en cheveux blancs ne me parut si vieux. -

On rencontre quelquefois au sommet d'une colline, une haute,
énorme pierre , à la vue de laquelle on reste émerveillé , car on ne

conçoit pas comment elle se trouve là et d'où elle y est venue. On la supposerait volontiers animée comme un de ces immenses poissons qui sortent de la mer pour aller s'étendre au soleil sur un écueil, sur un banc de roche ou de sable.

Ce vieillard produisit sur moi une impression pareille, celle d'un être dans un état indécis de vie ou de mort ou de sommeil. Son corps, voûté par l'âge, était ployé en deux, de sorte que les pieds et la tête avaient, dans sa marche, la même impulsion. Il est probable que de cruelles peines ou une violente maladie l'avaient torturé dans une autre période de sa vie, et avaient laissé sur lui un poids autrement lourd que celui des années.

Il se tenait là, le corps soutenu, la tête et la figure appuyées sur un long bâton gris, et tandis que je m'approchais sans bruit sur les gazons humides, le long de cet étang, je le voyais toujours debout, immobile à la même place.

A la fin il se mit à remuer l'eau avec son bâton et il regardait ce limon aussi attentivement que s'il eût tenu ses yeux sur un livre. J'usai alors du privilége d'un voyageur et m'approchant tout près : Voici, dis-je, une matinée qui promet une magnifique journée.

Le vieillard répondit avec courtoisie, parlant avec lenteur. Je repris : — A quoi êtes vous ici occupé ? Ce lieu est bien désert pour un homme de votre âge. — Ses yeux noirs et encore vifs s'animèrent d'une douce surprise à ma question.

En me répondant, ses paroles se suivaient lentement, comme sortant d'une poitrine affaiblie, mais dans un ordre remarquable, et prononcées d'un ton grave ; c'étaient des expressions choisies et des phrases bien formées, au-dessus de la portée d'hommes ordinaires. Son discours avait de la solennité et me fit penser à ces hommes religieux de l'Écosse, qui savent remplir leurs devoirs envers Dieu et envers les hommes.

Il me dit qu'il était venu au bord de cette eau pour y ramasser des sangsues. Vieux et pauvre, il avait adopté un métier de hasards et de fatigues, souvent bien pénible ; il voyageait ainsi constamment dans les environs des étangs et des marais, heureux de trouver, avec l'aide de Dieu, un asile pour ses nuits. Ce commerce lui procurait une honnête subsistance. Il me parlait encore : je ne l'écoutais plus. Sa voix était devenue pour moi comme le murmure lointain de l'onde : j'étais retombé dans ma rêverie. Il me semblait avoir vu en songe ce vieillard tout courbé. J'imaginai qu'il m'était envoyé d'un pays inconnu pour me donner, par une leçon frappante, la force et l'énergie dont l'homme est capable.

Mes premières pensées étaient revenues : la crainte qui énerve, l'espérance frustrée qui ne peut plus revivre ; l'idée du froid, de la souffrance, du travail pénible, de tous les maux de la chair ; enfin le souvenir des puissants poètes morts dans la misère ou la douleur. Alors aspirant instinctivement à me soulager de cette angoisse, je renouvelai ma question avec une ardente sollicitude : — Mais quels sont vos moyens d'existence et que faites-vous ?

Il sourit et répéta les mêmes paroles ; il ajouta qu'il avait ainsi parcouru bien des contrées, pour recueillir des sangsues, et qu'il remuait, à ses pieds, l'eau des étangs où il sait que l'on en trouve.— Autrefois j'en trouvais en grande quantité ; mais elles ont diminué et plusieurs marais ne m'en fournissent plus. Cependant j'ai persévéré et je retourne aux endroits où je peux encore en découvrir.

Cette contrée déserte, la caducité de ce vieillard, le discours même qu'il me tenait, prolongeaient le trouble de mon esprit. Je me le représentais dans mon imagination, parcourant péniblement et sans relâche les marécages, cheminant silencieusement le long des étangs ; et durant que j'étais préoccupé de ces pensées, lui continuait à m'entretenir de son travail et de son genre de vie.

Ce devint pour moi un trait de lumière : ses idées se lièrent subitement à celles qui m'agitaient. Ses paroles, prononcées avec gaîté, avec une contenance bienveillante, mais calme et digne, prirent une sorte d'autorité sur moi. J'en vins presque à concevoir du mépris pour moi-même, en voyant dans un vieillard aussi décrépit, un esprit aussi ferme. Que Dieu, me dis-je, soit mon aide et mon appui ! Désormais quand je serai inquiet de mon avenir, je penserai à l'homme qui ramasse des sangsues dans les marais.

## NOTE.

Le 27 avril, la *Presse* a reproduit cette nouvelle du *Times* :

C'est avec un profond regret que nous annonçons aujourd'hui la mort de William Wordsworth. Cet illustre poète a rendu le dernier soupir mardi dernier, à midi, près de ce beau lac du Westmorland que son séjour et ses vers ont rendu fameux.

Wordsworth était né le 7 avril 1770 : il est mort octogénaire. On a vu, dans *Résolution et Indépendance,* quelles appréhensions s'étaient élevées dans l'âme du poète sur le sort de ses dernières années. Ces craintes vagues qui semblent avoir saisi plus d'une fois son imagination, et dont un écho se retrouve dans ses belles stances : *Le soir sur un lac,* ne se sont en rien réalisées. La vieillesse de Wordsworth, paisible et honorée, a du s'endormir à l'heure suprême dans les tendresses de sa famille et finir dans la sérénité d'une grande âme. Seulement, avant d'atteindre le terme d'une carrière glorifiée par le génie de la poésie, il a pu se dire tristement, avec le *Last Minstrel* :

« His tuneful brethren all is dead. »

Car il a vu, durant sa vieillesse, mourir ses amis et ses glorieux émules. Cette génération de puissants talents qui, dans la première période de notre siècle, ont renouvelé la poésie anglaise et en même temps fécondé la nôtre, le Barde de Rydal mount les a vu, de sa solitude agreste, tous disparaître l'un après l'autre ; et il était resté seul avec l'auteur des Mélodies irlandaises, Thomas Moore, le dernier survivant. Après la mort prématurée de lord Byron, nous eûmes à déplorer celle du créateur du roman historique. Wordsworth a vu aussi succomber son ami Robert Southey, écrivain d'un magnifique talent.....

Je n'aurais pas insisté sur cet aperçu s'il n'avait pas, lui-même, dans une ode de ses dernières années, versé, avec une fraternelle émotion, ses regrets sur tant de noms aimés, dont la mémoire sera toujours unie aux destinées de la langue anglaise.

Je transcris ces belles pensées traduites avec un sentiment vrai par M. Ph. Chasles (Rev. des deux M.). Cette ode lui fut inspirée par la nouvelle de la mort de J. Hogg, le berger d'Ettrick :

— Ce puissant poète ne respire plus. Il est couché à jamais au sein des ruines qui s'en vont en cendres. La mort a fermé les paupières du berger-poète, endormi sur les bords buissonneux de l Yarron.

Deux années n'ont pas accompli leur tour depuis que la merveilleuse intelligence de Coleridge s'est glacée avec toutes les facultés de ce puissant esprit.

Il dort dans la terre, l'homme à l'œil lumineux, au front divin, à l'âme inspirée. Il sommeille aussi, Lamb ; il a quitté son foyer solitaire, le doux et facétieux ami.

Comme ils se sont suivis tous, le frère après le frère, quittant la terre du soleil pour cette autre terre sans le soleil ! rapides comme les nuages qui balaient le sommet des monts, comme les flots que nulle main ne saurait dompter !

Et moi je reste, moi qui m'éveillai avant eux dans mon berceau d'enfant. Je reste pour entendre cette voix qui murmure et me demande : — le premier qui va tomber et disparaître, quel sera-t il ?

Notre vie hautaine se couronne de ténèbres, comme Londres se couronne de ses vapeurs noires ; dôme sombre que je contemplai de loin, avec vous, ô Crabbe ! quand nous nous arrêtâmes ensemble sur la bruyère d'Hampstead, sous la brise fraîche qui soufflait alors.

C'était hier seulement, ô mon ami ! et vous êtes parti déjà ; vous m'avez précédé. Fragiles survivants, est-ce à nous de pleurer sur les épis mûrs que le moissonneur recueille ?

On peut pleurer, mais sur cette femme poète (mistriss Hemans), qui s'en est allée avant le temps, esprit sacré, âme pure, limpide comme l'éther du printemps, profonde comme la mer ; pour celle qui, avant l'automne, est tombée. —

---

## LES IRIS JAUNES.

—

J'errais aux environs du lac, seul et laissant flotter mes pas, sans but, comme la nue qui errait dans l'air, au-dessus des collines, quand tout à coup j'aperçus une multitude d'iris, à fleur jaune dorée. Je les voyais, au bord du lac, non loin des arbres, onduler vivement, agitées par le soufle de la brise.

C'était une foule de fleurs jaunes, semblable aux étoiles qui forment la Voie Lactée. Leur ligne épaisse s'étendait, se prolongeait à l'infini, dans une baie, sur la rive du lac. D'un coup d'œil j'en apercevais dix mille à la fois, qui inclinaient leur tête, d'un mouvement vif et preste comme celui d'une danse.

Les vagues qui se poussaient au rivage, dansaient aussi, auprès de ces fleurs; mais les fleurs surpassaient par leur joyeuse cadence, les vagues étincelantes. Un poète devait naturellement s'unir à la gaîté dont toute cette nature était animée. Je tins long-temps mes yeux attachés sur les fleurs et les ondes; et quand je m'éloignai, je ne prévoyais pas que j'emportais dans cette image un vrai trésor.

Car, souvent depuis, lorsque je repose sur ma couche, l'esprit libre et porté à la rêverie, cette vue intérieure qui fait le bonheur de la solitude, me rend le riant spectacle d'alors; et je m'égaie au souvenir de cette foule d'iris épanouies, qu'il me semble voir encore onduler sur la rive du lac.

---

# RÊVERIE DE LA PAUVRE SUSAN.

Au coin de Wood-street (1), quand le jour paraît, une grive, suspendue dans sa cage, se met à chanter; voilà trois ans qu'elle chante ainsi. La pauvre Susan, passant par cette rue, entend la voix de l'oiseau, qui retentit dans le calme silencieux du matin.

Ce chant agit sur elle comme un enchantement. Soudain elle voit s'élever une montagne, avec des bois; le brouillard glisser le long de

(1) Rue de Londres.

Lothbury , et une rivière couler au milieu de la vallée de Cheapside.

Elle revoit les verts pâturages , au milieu de ce vallon où elle a tant de fois descendu avec un seau à la main : puis, une petite chaumière isolée , pareille à un nid de colombe , le seul séjour sur la terre que Susan aime et regrette.

Elle les voit , et son cœur nage dans la joie.—Mais hélas ! la riante vision va disparaître ; brouillard , rivière , collines et bocages ; plus de fleuve qui coule, plus de montagne à l'horison. Tout le tableau s'efface et s'évanouit à ses yeux.

---

# PLAINTE D'UNE INDIENNE,

## ABANDONNÉE DANS UNE MIGRATION DE SA TRIBU.

### (IMITÉ).

Vous m'avez trop tôt délaissée
Dans le désert, moi votre sœur !
J'étais par mon mal affaissée ;
Puis j'ai repris de la vigueur.
Oui, j'aurais encor pu vous suivre
En me traînant encore un jour.
A présent, plus d'espoir de vivre ;
Vous êtes partis sans retour !

Le jour va luire, je m'éveille...
Que mon sommeil était affreux !
Puisse, avant une nuit pareille ,
Dieu pour jamais fermer mes yeux !
Mon feu !.. la neige l'environne ;
La cendre est froide et sans lueur ;

Il est éteint... tout m'abandonne.
Le froid gagne jusqu'à mon cœur !

Mon enfant ! mon bien sur la terre,
Ils t'ont enlevé de mes bras.
Tu ne verras jamais ta mère ;
Pour une autre tu grandiras.
Quand ils m'ont de toi séparée,
J'ai vu ton faible corps frémir.
Tu me regardais éplorée,
Hélas ! ne pouvant que gémir.

Tu pleurais de m'avoir perdue !
Mais moi je leur ai pardonné.
En proie à ce mal qui me tue,
Mon lait t'aurait empoisonné.
O vent du désert qui t'envoles,
En passant sur moi tu gémis :
Reçois mes dernières paroles,
Et porte-les à mes amis !

# TABLE.

—

Falaise , Imp. de LEVAVASSEUR , place. Trinité, 13.